KB066483

음악의 진동을 느끼며 춤을 추는 고아라

The 26th
UNIVERSITY KOREA 2012

누구 시리즈 15

음악의 진동을 느끼며 춤을 추는 고아라 – **누구 시리즈 15**
고아라 지음

초판1쇄 발행 2022년 11월 1일

지은이   고아라
펴낸이   방귀희
펴낸곳   도서출판 솟대
등 록   1991년 4월 29일
주 소   서울시 금천구 서부샛길 606, 대성지식산업센터 b동 2506-2호
전 화   02)861-8848
팩 스   02)861-8849
홈주소   www.emiji.net
이메일   klah1990@daum.net

값 12,000원

ISBN 978-89-85863-82-7 03810

주최 사 한국장애예술인협회
후원 문화체육관광부   한국장애인문화예술원
Korea Disability Arts & Culture Center

15

누구 시리즈

음악의 진동을 느끼며
춤을 추는 고아라

고아라 지음

몸짓 언어로 세상의 경계를 허물다

도서출판
솟대

춤은 나의 언어이다

'1cm만 더.'

'1초만 더.'

'한 바퀴만 더.'

'한 번 더.'

오랜 시간 춤을 추며 밀리지 않도록 내디뎠던 한 걸음씩들이 현재의 저를 만들어 주었습니다.

살면서 선택한 대부분은 '하나 더'라는 가볍지만 어쩌면 더 중요한 그 단계를 극복이 아닌 견디거나 버텨 낸 후에야 얻을 수 있는 것들이기도 합니다.

또한 저의 언어를 음성언어인 구화, 신체언어의 춤, 그리고 손짓의 수어로 전하는 이 한 권의 책이 마냥 깨닫는 것이 아닌 또 다른 삶

에도 도전할 수 있는 가능성을 발견하고 공감해 볼 수 있는 계기가
되었으면 좋겠습니다.

　남편을 비롯한 어머니와 동생, 가족 외에도 주변의 아낌없는 응원
과 격려가 저의 움직임보다 저를 움직이게 했던 것들이 더 컸기에 그
저 든든하고 감사드리며, 35년이 담긴 제 이야기의 혈류가 현재, 혹
은 앞으로도 계속될 또 다른 모습에 보탬이 될 수 있기를 바랍니다.

　　　　　　　　　2022년 여름, 새로운 가족 밤비를 품으며
　　　　　　　　　고아라

차례

2018 평창, 세계에 꽃피다

...

　'자라라라라라라' 세밀한 떨림이 느껴진다. 발바닥을 간질이는 나무 바닥의 진동이 미세하게 달라질 때 곧 캄캄한 어둠을 깨치고 내 머리 위에서부터 온몸으로 순백의 조명이 쏟아질 것이다. 지금이다! 앉은 자세에서 양팔을 허리 옆으로 우아하게 펼쳤다가 둥글게 끌어모은다. 발바닥은 '동동동' 무대를 두드리고, 나는 아지랑이처럼 가녀리면서도 우아하게 일어서며 내리는 빛을 맞는다. 지금 나는 꽃으로 피어나려는 중이다.

　2018년 3월 18일 밤 8시, 평창 마운틴 클러스터 평창올림픽 스타디움에서는 평창패럴림픽(Paralympic) 폐막식 문화 공연 〈우리가 세상을 움직인다〉가 9분여 동안 펼쳐졌다. 장애인 선수와 지도자들의 투지와 극기, 10일간의 패럴림픽 진행을 위해 애쓴 모든 이들의 헌신과 사랑이 이제 다시 하나로 모아져 서로를 향한 감사와 감동의 시간으로 마무리되는 시간. 나는 무대 한가운데서 이 모든 환희를 벅차게 느끼고 있었다.

진눈깨비가 흩날린, 3월 중순이라기엔 다소 추운 날씨였다. 그러나 나는 얇은 드레스를 입고 있어도 추위를 느끼지 못했다. 두근거리는 설렘으로 이미 온몸은 열기를 뿜고 있었다. 나는 평창 메인스타디움 원형 무대 한가운데 앉아 첼레스타와 바순 2중주가 시작되기를 온 정신을 집중해 기다리고 있었다. 연주가 시작되면 나는 씨앗에서 꽃이 움트는 과정을 독무로 표현하며 올림픽에 참여한 51개국 814명 선수들과 패럴림픽에 참여한 모든 관계자, 운영위원과 봉사자들의 숭고한 열정과 바람을 몸의 언어로 전달하게 된다. 그리고 공연의 절정에 이르러서는 하늘로 솟아오르며 패럴림피언(Paralympian)의 꿈과 잠재된 능력이 모두의 응원과 지지를 토양삼아 튼튼히 뿌리내리고 마침내 활짝 꽃피운 지난 열흘과 오늘, 그리고 내일과 미래를 보여 줄 것이다.

3만 5천 명의 관중들이 나를 보고 있다. 송출되는 영상 밖 세계인들의 시선은 내게로 집중되고 있을 것이다. 하지만 두려움은 없다. 지금 가슴의 쿵쾅거림은 긴장과 염려가 아니다. 고대하고 기다리던 날, 그날을 맞은 기쁨이다. 패럴림픽 폐막식 공연 섭외를 받고부터 이미 나는 오늘을 기다려 왔다. 나는 그동안 준비했던 것보다 더 멋지고 우아하게, 아름답고 활기차게 씨앗의 움틈에서 꽃망울이 꽃잎을 터트리는 전 과정을 재현하리라 다짐했다.

시작이다. 세상의 문을 두드리던 씨앗은 발아를 위해 부드럽고 당찬 몸짓을 시작한다. 나는 원형 무대 정중앙에 순백의 드레스를 입고 하늘 위로 손을 뻗고, 두 팔을 활짝 열어 생명의 움틈을 표현한다. 나와 함께 새날을 기대하며 환하게 웃던 세상의 꽃들도 희망을 이야기하면서 씨앗의 성장을 바라보며 한껏 고조되었다. 60명의 무용수가 내게 집중하고, 드디어 내가 싹을 틔우며 자리에서 일어섰을 때 그들은 곧장 축제를 시작한다.

힘차고 화려한 군무가 원형 무대를 가득 채우고, 이들의 에너지는 곧 패럴림픽 5개 종목을 상징하는 5개의 길로 퍼져 나간다. 바닥을 채운 LED조명은 그 역동적 에너지를 쏜살같이 달리는 빛으로 담아낸다. 중앙에서 사방으로 달려간 빛은 각자의 자리에서 환하게 빛나고 있다. 바이올린, 첼로 등 현악기 30대는 목소리 높여 나를 둘러싸고 축제의 결을 풍요롭게 채운다. 그리고 싹을 틔워 올린 나의 몸짓은 우리의 몸짓으로 하나가 되며 화합이란 제 얼굴을 보여 준다.

공연을 절정으로 이끌어 가는 것은 비단 나의 춤만이 아니었다. 원형 무대서 다섯 개의 길이 환히 열리고 무용수들이 꽃잎의 탄생을 갈구하는 화려한 움직임을 시작할 즈음 그들의 기운을 받아 활짝 웃던 씨앗은 이제 꽃망울을 터트릴 시점에 다다른다. 그리고 암전.

무대에 다시 빛이 생기면 김예지 피아니스트의 연주가 절정의 고요를 깨는 역동적 연주로 공연에 새롭게 불을 지핀다. 이후 이어지는

'우리가 세상을 움직이게 한다.' 피날레

카운터테너 이희상의 목소리는 다시 한 번 공연의 분위기를 전환하며 무대에 화평한 천국을 펼쳐 놓는다. 마침내 〈꽃이 된 그대〉란 노래의 절정이 시작될 즈음 무대서 사라졌던 나는 무대 중앙에서 다시 등장하며 공연의 절정을 맞는다.

"한 떨기 꽃처럼 피어난 친구여 그대 향기 전해 주오. 아름다운 열정을. 이제 다시 시작할 새로운 날 향하여 함께 가리, 함께하리."

천사의 목소리인 듯 카운터테너의 맑은 고음이 이어지며 나는 무대 아래에서부터 무대를 지나 위로, 더 위로 천천히 솟아오른다. 순백의 드레스 자락은 꽃봉오리인 나를 틔우는 봉긋한 줄기 전체를 덮고 60여 명의 무용수들은 내 곁으로 모여든다. 그 순간 내 순백의 드레스와 원형무대, 거기서 뻗어 나간 다섯 개의 길 전체에는 알록달록 화려한 꽃무리가 펼쳐진다.

허리 아래로부터 길게 늘어트린 드레스 자락까지, 드레스 자락에서부터 무대 전체 바닥에 이르기까지 활짝 꽃이 피었다. 그리고 꽃무리는 성화탑에까지 이르러 세계 장애인의 화합과 비장애인과 장애인의 화합을 상징하고 동시에 기원했다. 각양각색의 꽃잎이 어우러져 서로를 빛내는 장면이야말로 인류의 가장 아름다운 모습일 것이다.

온 세상을 덮은 꽃무리를 안고서 나는 황홀했다. 순간처럼 지나간 공연의 끝을 오랫동안 붙잡고 싶었다. 사방 꽃무리가 펼쳐지며 들려오는 관중들의 함성과 감탄, 이곳저곳에서 터지는 카메라 플래시를 인지하고서야 나는 공연의 끝을 실감했다.

생의 마지막 순간에 살아온 날들이 주마등처럼 지나간다고 한다. 두 겹으로 싼 등 안의 촛불의 너울거림이 무언가 빨리 달리는 것처럼 보인다는, 그래서 순간도 영원처럼 느껴진다는 그 경험을 나는 그날, 그 시간에 진하게 할 수 있었다.

처음 발레를 시작하며 마냥 들떴던 마음과 발레로 인해 기쁘고 고통스러웠던 순간이 와락 달려들다 이내 곧 사라졌다.

'오늘 때문에 발레를 했구나.' 퍼뜩 생각하는 순간 또르르 눈물이 흘러내렸다. 나는 다시 무대가 어두워질 때까지 하냥 웃는 것으로 눈물을 감췄다.

'고아라 맞춤' 무대를 준비하며

...

2011년 여름이었다. 엄마와 함께 2018년 동계올림픽 개최지로 평창이 선정되었다는 뉴스를 보면서 우리나라가 20년 만에 다시 올림픽 개최지가 되었다며 기뻐했다(그것도 내 고향 강원도에서 개최된다니 더 기뻤다). 엄마는 내가 태어난 해 서울 올림픽을 하고, 성인이 되어서 올림픽 개최지 선정 소식을 들으니 "아마도 너와 올림픽이 연관이 있는 것 같다."시면서 "아라 너도 올림픽 개막식이나 폐막식에서 공연하면 좋겠다."라고 말씀하셨다. 발레를 전공하는 딸이 큰 무대에서 공연하는 것을 상상하셨던 것 같다.

생각해 보면 나는 실제로는 보지 못한 올림픽 마스코트 '호돌이' 해에 태어났으니 '올림픽둥이'는 맞다. 엄마 말씀대로 올림픽과 인연이 없는 것은 아니다. 하지만 그것만으로 올림픽 무대에 서고 싶다 생각하는 것은 그야말로 상상일 뿐이다. 게다가 올림픽 개폐회식 공연이야말로 전 세계인이 보는 것이니 만약 상상이 현실이 되어 무대에 오를 수 있게 된다면야 얼마나 영광스러운 일이겠는가만은 그런 행운이 내게 올 거란 기대는 아예 접는 것이 이성적인 생각이고 현실적인 태도였다. 행운은 그다지 내 편인 적이 없었으니까.

그런데 올림픽 무대가 현실이 되었다. 대학 입학 이후 나의 현재와 미래에 대해서 이전과 달리 어떤 말씀도 하지 않던 엄마의 '뜬금없는' 바람이 정말로 이루어진 것이다. 10년도 더 지난 그날 그때, 내게 인색한 것 같아 서운했던 행운의 여신이 내게 미안해서였는지, 아니면 우연이었는지(어쨌든 둘 다 고마운 일이지만) 내 곁을 지나가고 있었는지도 모르겠다. 엄마의 바람은 현실이 되었다. 나는 2018 평창동계패럴림픽 폐막식에서 공연을 하게 되었다. 그것도 주인공으로 말이다.

주최 측에서 출연 섭외를 받은 건 패럴림픽 개최 6개월 전이었다. 기꺼이 참여하겠노라 수락하고 기쁜 소식을 어머니와 동생, 외할머니와 외할아버지께도 알려 드렸다. 가족 모두 나보다 더 기뻐했고 진심으로 축하해 주었다. 예비 신랑도 결혼을 앞두고 큰 축복이라면서 기뻐했고, 나의 준비와 노력이 이런 행운을 불러온 것이라며 평소보다 더 많은 칭찬과 존경의 마음을 표현해 주었다. 가족들의 기쁨으로 더 흥분되고 설레고 벅찼던 감정이 지금도 생생하다.

남자친구의 말처럼 나는 최선을 다해서 발레를 했다. 그리고 최선을 다해서 내가 할 수 있는 일에 도전해 왔다. 그 최선의 노력이 매번 열매를 주지는 않았지만 나는 그 서운함을 견뎌 내는 데에도 최선을 다했다.

공연을 본격적으로 준비한 기간은 2개월이다. 그 시간이 정말 하나도 힘들거나 불편하지 않았던 것은 이후 무대에서 느꼈던 환희와 감동의 바탕이 된 듯하다. 감히 공연 전체가 나 고아라에게 '맞춤'으로 진행되었기 때문이다. 그렇게 말할 수 있는 것은 전체 안무를 기획하고 창작한 안무가 선생님은 물론이거니와 함께 공연한 비장애인 무용가와 연주자들의 배려가 아름다웠기 때문이다.

안무가 이경은 선생님을 만났을 때, 선생님은 내게 제일 자신 있는 동작이 무엇인지 물어주셨고, 음악을 듣는 문제를 해결하기 위해 진지하게 고민하셨다. 의상과 메이크업, 조명 모두 내가 가장 돋보일 수 있는 것들을 함께 찾아냈고 실현해 갔다.

작품에는 내가 제일 아름답다고 생각하고, 또 자신 있는 동작이 포함되었고 또, 들리지 않는 음악에 어떻게 조응할 수 있을까 여러 방법을 고민하다가 비교적 중저음을 잘 듣는 내 청력에 맞춰 독무에 첼레스타와 바순 이중주를 결정했다. 음악 감독님과의 논의가 빛을 발한 선택이었다. 더불어 원형 무대도 음파 진동을 느낄 수 있는 나무로 만들어서 다소 다른 환경에서도 음악에 집중할 수 있도록 준비했다. 그럼에도 공연 당일 선생님은 내게 음악에 너무 집중하지 않아도 된다시며 나 자신에게 집중하기를 요청하셨다. 이 세상에서 가장 빛날 순간을 마음껏 누리라 당부하신 말씀에 가슴이 뜨겁고 눈시울이 뜨거웠다. 그래, 고아라 나의 무대다!

평창, 나의 인생 무대

...

    결코 긴 시간을 살지는 않았다. 하지만 매 순간을 기억하리만치 애쓰며 살기는 했다. 늘 계획과 목표 속에 살았고, 세웠던 계획대로 살며 목표를 이루는 것이야말로 '잘 살았다.'는 보람이었다. 하나하나를 성취하는 삶을 살려고 노력했고, 바람대로 하지 못했을 때 스스로를 괴롭힌 것도 사실이다.

    그런데 평창 공연 이후 나는 삶에 대한 지금까지의 생각을 조정할 수밖에 없었다.

    나는 발레를, 공연을 즐기고 있지 못했다. 지금까지 누군가 짜 놓은 안무에 맞춰 작은 동작이라도, 조금이라도 틀리지 않기 위해 모든 시간을 긴장 속에 살았다. 정확히는 나를 긴장과 평가 속에 던져 넣으며 다그쳤다. 그렇게 하다 보니 음악을 느끼고, 동작을 만들어 내는 일련의 경험은 일천할 수밖에 없었다. 남들과 다르지 않게, 뒤떨어지지 않도록 완벽하게 동작으로 만들고, 우아하게 표현하는 것에 집중해서 연습하고, 또 연습했다.

감각신경성 난청이란 청각장애가 있어서 음악을 듣기 어려우니 박자와 쉼, 강약 등까지 모두 외워야 했다. 그리고 음악이 잘 들리는 것 마냥 곡을 느끼고 자연스럽게 연기했다. 나는 발레 동작과 박자를 수학 계산처럼 맞춰 가면서 몇 번이고 연습했다. 연습부터 공연까지 팽팽한 긴장감 속에서 진행됐다. 그리고 그 모든 시간은 어마어마한 긴장과 두려움에 눌려서 질식할 듯 고통스러웠다. 나는 아름다운 발레리나였고, 자신감 넘치는 무용수였으나 사실은 완벽하고 두터운 가면 뒤에 숨어서 떨고 있는 여린 소녀였다.

그런데 평창 공연만큼은 두렵거나 긴장되지 않았다. 준비하는 내내 공연 당일을 상상하고, 무대 위 내 모습을 상상하면서 연습에 집중할 수 있었다. 거울에 비친 내 모습을 손가락 끝에서부터 발끝까지 점검하며 아쉬운 부분을 바로잡았다. 가장 아름다운 모습을 만들고자 팔과 다리 각도를 조절하고, 그에 맞춰 시선 처리와 표정도 바로잡았다. 손가락 모양과 발끝도 하나의 선이 되도록 조정했다. 그때만큼 거울을 들여다본 적도 없었던 것 같다.

공연 1개월을 앞두고는 일산 킨텍스에서 전체 구성원이 모여서 함께 연습했다. 연주자들과 다른 무용수들도 함께 모인 자리에서 우리의 공연은 매우 빠르게 완성되어 갔다. 각자의 역할에 최선을 다하기도 했지만 나로부터 출발한 생명의 탄생과 절정을 모두 이해했기에 훨씬 더 조화로울 수 있었다. 씨앗에서 싹이 나고, 그 잎이 자라 꽃을 틔우는 일은 혼자의 힘으로 가능할 수 없는 것처럼 나의

동작이 사인이 되어 이어지는 변주된 현악기 연주와 군무는 꽃물결을 만방에 퍼트리며 장엄하고도 감동적인 맺음을 선물했다.

안무가는 함께 모여 연습을 할 때부터 '음악을 붙잡으려고 하지 마라.'고 말씀하셨다. 현장에서는 간혹 음향 컨디션이 나빠질 수도 있는데 이런 상황이 발생한다면 내가 당황할 것 같아 부담을 덜어 주고 싶으셨던 거다. 정말 감사한 배려다. 그러나 나는 동작을 음악과 꼭 맞추고 싶었다. 그리하여 나를 배려하는 동료들에게도 나름의 배려와 감사를 전하고 싶었다.

공연이 진행되는 9분여 동안 나는 그 시간의 흐름을 인지하지 못했다. 몰입했기 때문일 거다. 나는 무대와 무용수들의 군무와 현악기의 경쾌함, 김예지 피아니스트의 힘 있는 연주와 이희상 카운터테너의 고아한 목소리에 빠져들어 그야말로 무아지경의 행복감에 빠졌다. 특히 무대 위로 솟아올라 온 세상에 꽃무리를 선사하며 두 손을 모으고 하늘을 바라는 맺음에서는 나도 모르게 눈물을 흘렸다. 벅찬 감동. 그것이야말로 지금까지도 그때를 떠올릴 때마다 강렬하게 찾아드는 감정이다.

나는 평창 이전의 모든 무대에서도 다짐하듯 지켜 가는 것이 있다. 작은 무대일지라도 만만하게 생각하지 않겠다는 자신과의 약속이다. 한 작품 공연을 위해서 내내 동작과 음악 모두를 완벽하게 외우듯 준비하며 자신감을 쌓아 왔다. 잘 안 들리거나 못 듣는다는 것이 '못할 수밖에 없다.'거나 '그래도 이 정도면'이라는 평가의 이유가

될 수 없다고 생각했기 때문에 나는 청인(聽人) 무용수보다 더 많이 연습하고 노력했다.

그래서 어떤 환경에서도 정교하고도 아름다운 동작을 보여 주고, 그 실력을 인정받았다. 그러나 평창 공연을 준비하면서 나는 진정 '즐긴다.'는 것이 무엇인지 경험했다. 발바닥에 전해 오는 진동으로 음악을 즐기며 자유롭게 춤추었고, 다른 무용수들과 감동과 아름다움을 공유하며 즐길 수 있었다. 내 모습 그대로를 보여 줄 수 있는 공연이었기 때문인지도 모르겠다. 평창 공연은 지켜보던 관중들만큼이나, 아니 그보다 더 큰 감동이었다. 그리고 영광이었다.

나는 우연히 평창 무대에 오를 수 있었다고 생각하지 않는다. 그동안 나의 '열심'이 통했던 것이라 믿는다. 열심히 준비하고 최선을 다해 춤추고 공연했기 때문에 평창에서 나를 불러 준 것이다. 어떤 상황에서도 노력했기에 나를 발전시킬 수 있었고, 그 결과 평창이 나를 부른 것이다.

평창 이후 나의 삶은 적잖은 변화를 맞았다. 공연 섭외에서도 대우가 달라졌다. 장애예술인의 대표성도 갖게 된 것 같다. 2019년 대한민국 장애인문화예술대상서 대통령상을 수상한 것도 평창 무대가 역할했을 것이다.

평창 무대는 내 무용 인생을 한 단계 올라서게 한 고마운 경험이었다. 내 모습 그대로 자유롭게 마음껏 내 생각과 감정을 표현할 수 있게 만들어 준 공연이었다.

대한민국장애인문화예술대상 대통령상

평창 문화 올림픽 장애예술가 후원

가장 나다울 때 나는 행복했다. 잊지 못할 평창 무대는 30여 년 내 무용 인생에도 분기점이 되었다. 가장 나답게. 무용을 통한 나의 역량을 발휘하고, 또 매우 행복하게 무용수로서 살아갈 자신감을 만들어 주었기 때문이다.

'청각장애인 발레리나'라 호명되던 나는 '청각장애인'에 무게중심이 실린 발레리나로서 특별한 것이 아니라, 다른 방식으로 음악을 '듣고', 음악과 하나 되어 가장 아름다운 몸짓으로 말하고 이야기 나누는 예술가로 호명되기를 바란다.

장애 유무와 성별, 연령의 차이를 넘어 모든 사람에게 나만의 세계를 보여 주고 함께 누리고 싶다.

발레가 뭐예요?

...

처음 발레를 시작한 것은 일곱 살 때였다. 어머니는 다섯 살 아이가 고기를 3인분씩이나 먹는 대식가여서 은근 걱정스러웠고, 여느 어머니들처럼 자식에게 어떤 재능이 있었는지 활발하게 탐색할 시기였기에 피아노, 서예, 미술, 발레 등등의 학원에 보내셨다. 불행인지 다행인지 나도 그즈음 관심 있고 재미있던 공부가 발레여서 긴 시간 계속할 수 있었다.

지금 생각해 보면 나의 팔과 다리가 길어서 발레에 유리했고, 그 덕분에 선생님에게 자주 칭찬을 받아서 재미있었던 것 같기도 하다. 칭찬은 고래도 춤추게 한다는데 아이에게 어른의 칭찬만큼 에너지가 빵빵하게 충전되는 일은 없다. 여하튼 나도 또래 아이들처럼 신나서 이 학원 저 학원으로 뛰어다녔다. 그래도 무용이 가장 재미있었던 건 거울에 비친 내 모습도 예쁘고, 분홍색 토슈즈와 나풀거리고 팍 퍼지는 튜튜가 너무 예뻐서였던 것 같다.

다리를 곧게 쭉 펴고 사뿐사뿐 뛰면 덩달아 팔랑거리는 치맛자락

첫 무용대회 때

이 너무나 사랑스러웠다. 하지만 그때의 나는 평생을 발레리나로, 무용수로 살게 될 줄은 상상도 하지 못했다. 또, 그렇게 살기를 기대하거나 결심하지도 않았던 것 같다. '재미있다.'와 '재능 있다.'는 냉정하게 생각해야 하는 명제이기 때문이다.

나는 팔다리가 길었다. 게다가 얼굴도 작아서 사실 요즘 젊은 엄마들이라면 기뻐하고 환영할 만한 아이가 세상에 나온 것이다. 그게 나다. 그런데 우리 어머니는 그런 내가 예쁘지 않았다니 별일이다. 달덩이같이 보글보글 살이 오르지도 않고, 뽀얗지도 않은 것이 일하는 엄마 때문인가 싶어 미안했고, 가늘고 기다란 팔다리는 뱃속에서부터 뭘 잘 먹지 못해 저 모양인가 걱정이셨단다. 몇 년만 늦게 태어났다면 엄마도 얼굴 작고 팔다리 긴 나의 진가를 알아보셨을까?

유독 가늘고 긴 팔다리 때문에 나는 걸음걸이도 놀림감이 되곤 했다. 엄마 말씀으로는 휘적휘적 팔을 흔들며 걷다가 제 다리에 걸려 넘어지기도 일쑤였다는데 어쩌면 걸려 넘어진 까닭이 다리가 아니라 팔이었을 수도 있다시며 우스개 말씀을 하실 때는 가족들 모두 배를 잡고 웃었다.

발레학원에 처음 갔을 때부터 발레를 하는 언니들은 보석처럼 빛나 보였다. 그 첫인상 덕분에 나는 곧 발레 꿈나무가 되었다. 나는 선생님께 칭찬을 들을 때면 정말 아름다운 공주가 된 양 천천히 걷고, 스르르 손을 뻗었다. 좀 더 천천히, 멋지게 팔을 들어올리고, 발

두 살 터울 동생과 함께

가락 끝까지 온 힘을 집중하고 허리를 꼿꼿이 세워 걸었다. 살짝만 움직여도 그 동작이 우아하고 아름답다는, '타고났다.'는 칭찬 속에서 이미 나는 세계적인 무용가였다, 그때.

그러나 강수진처럼 세계적인 발레리나가 되기 위해서는 타고난 몸과 재능만으로는 부족하다. 발레에 대한 열정과 많은 시간 연습도 필요하다. 몸의 관절이 꺾이고, 발가락이 아프고, 먹고 싶은 것도 참아야 하는 인내도 중요하다. 나는 친구들과 다른 방식으로 몸을 쓰고, 친구들에게 어려운 동작이 나는 쉬이 되는 것을 확인할 때마다 그 모습을 사랑했고, 진심으로 기뻤다. 그래서 발레가 어렵고 힘들었지만 그만큼 즐거웠다.

하지만 내겐 타고난 재능과 빠른 습득력, 발레를 사랑하는 마음이 충분해도 마음껏 발레리나를 꿈꿀 수 없는 큰 벽이 있었다. 노력으로 바꿀 수도, 수술이나 다른 치료로도 나을 수 없는 장애였다. '감각신경성 난청', 내가 진단받은 병증이다. 소리에 반응이 없거나 더뎠던 나를 걱정스레 지켜보던 어머니는 나를 데리고 병원에 가셨다. 그때 받은 진단명이 감각신경성 난청이다. 고열에 의해 청각 기능이 상실된 것이라는데 왼쪽 귀는 보청기를 하면 작게나마 들을 수 있지만 오른쪽 귀는 전혀 들리지 않는다.

어머니 말씀으로는 태어나서 4개월이 지날 즈음 원인을 알 수 없는 고열을 앓았다는데 그것이 원인이었던 것 같다. 고열에 고막이 상했을 수 있다는 의사 선생님의 말씀에 엄마는 자책했다. 엄마는 가정경제를 책임져야 했으면서도 어미로서 아기를 잘 돌보지 못했다는 죄책감에 많이 괴로우셨을 거다.

그런데 정작 나는 들리지 않는다는 것에 크게 불편함이 없었던 것 같다. 특히 엄마와 동생과는 표정만 봐도 어떤 마음인지 서로 잘 알고 있었기 때문에 그 둘은 내가 청각장애가 있다고는 생각하지도 못했을 것이다. 다른 식구들과도 의사소통에 어려움이 없었다. 외할머니, 할아버지도 내가 말이 없는 것은 연년생 동생보다 수줍음이 많고, 또 맏이인 데다 의젓해서(외할머니 말씀이다) 그러려니 했을 뿐, 병원을 찾기까지 들리지 않을 거라는 생각은 아예 해 보지도 않으셨단다. 그런데 뜻밖의 진단을 받고 나니 그 충격은 쓰나미와 같았다.

고집쟁이 나를 이긴 왕고집쟁이 엄마

...

　그럼에도 우리 엄마는 역시 강했다. 엄마는 병원을 다녀온 그날로 살고 있는 강원도 홍천에서부터 서울까지 나의 언어교육을 맡아 줄 기관을 샅샅이 조사하고 주변 분들에게 수소문했다. 그리고 마침내 서울에 있는 구어교육 학교의 병설 유치원을 찾아내셨다. 엄마와 나는 월요일부터 금요일까지 서울에서 지내며 유치원에 다녔다.

　엄마는 유치원에서 사람의 입 모양을 보고 말을 배우고, 말을 할 수 있는 공부를 하는 내내 선생님 곁에서 이를 참관하고, 집에 돌아와서는 잠들기 전까지 똑같은 방식으로 말하기를 연습시키셨다. 잘 들리지 않는 말을 입 모양 보고 알아내는 일은 온 정신을 상대방 입술에 집중해야 가능했다. 나는 나와 같은 친구들과 유치원에서 서로 입 모양을 보고 얘기하는 것이 어렵지 않았고, 놀 때는 서로 등도 톡톡 치면서 몸짓으로도 뜻을 전달할 수 있었기 때문에 불편함이 없었는데도 자꾸 말하기를 연습시키는 엄마가 미웠다. 졸리기도 하고, 하기도 싫은데 엄마는 자꾸 입을 벌려 말하라고 하고, 쳐다보라고 하셨다.

엄마는 내가 입을 아~ 벌리면 갑자기 젓가락 같은 것으로 목젖을 건드려 나를 놀라게 했다. 그러고는 미안하다는 말도 없이 그때 나온 소리를 기억하라고 했다. 또 입 앞에 종이 같은 것을 들고는 입바람이 얼마나 나는지 눈으로 보여 주며 '파' 소리를 내게 했다. 엄마가 먼저 하고, 내가 따라 하는 방식이었는데 '바'와 '파'에 따라 종이가 얼마나 휘날렸는지 그 정도까지 가늠하고 바람 소리를 내는 것으로 말소리를 익혔다.

자음에서 모음 순서로 연습했던 발음은 이내 자음과 모음을 합쳐서 소리 내고, 이후 단어에서 문장으로 이어지는 방식으로 진행됐다. 구어 학습은 3년여 시간이 흐르며 제법 익숙해졌다. 사람들의 입모양을 보고 무슨 말인지 이해한 후에 내가 하고 싶은 말을 할 수 있게 된 것이다.

이 과정이 결코 재미있지는 않았다. 네 살부터 일곱 살이 될 때까지 일주일 중 서울서 5일, 홍천서 2일을 지내는 일정은 오가는 길에서 주말의 대부분을 보내야 했기 때문에 홍천 집에 가서는 내가 좋아하는 외할아버지 댁에서 밥 먹고 하룻밤 자고 나면 바로 다음 날 서울에 와야 하는 식이었다. 엄마는 가까이 있는 외갓집에 가지 않아도 집에 도착하면 곧장 세탁기를 돌리고, 집안 청소를 하는 등 밀린 집안일을 하고, 1주일 먹을 반찬을 해 놓는 것으로 시간을 모두 썼다. 그리고 하룻밤을 자고 전날 해 놓은 빨래와 반찬을 챙겨서 차가 막히는 시간을 피해 다시 서울로 돌아왔다.

나는 유치원에 돌아와서도 매일 잠들기 전까지 듣기, 말하기 연습하는 것이 너무 힘들고, 집에 가서도 딱 하룻밤만 자고 다시 서울로 돌아오는 일이 너무 싫었다. 안 한다고 짜증도 내고, 아프다고, 아파서 못 한다고 꾀도 내보았지만 엄마는 단 한 번도 내게 져주지 않으셨다. 홍천에서 하룻밤 더 자고 내일 가겠노라 고집을 피울 때도 엄마는 냉정했다. 나도 제법 내로라하는 고집쟁이였지만 하룻밤 더 자고 가자 할 때 엄마가 '그럼 엄마 혼자 간다.'며 짐을 꾸려 차를 타실 때는 울며불며 따라나설 수밖에 없었다.

내가 너댓 살, 그때의 엄마 나이보다 더 나이 많은 어른이 되어 생각해 보니 엄마의 마음을 짐작할 수 있을 것 같다. 왜 그렇게 호되게 가르치고, 연습시켰는지 그때는 알 수 없었지만, 알 수도 없었지만 엄마는 그때 이미 오늘의 나를 생각하셨던 것 같다. 장애가 있는 딸이 세상에서 귀하게 대접받고 자신의 일을 통해 자리잡아 살 수 있기를 바라셨던 거다. 엄마는 당신이 이 세상에 없어도 내가 '지 밥벌이는 할 수 있기'를 소원하며 매일의 피곤함과 때때로 드는 걱정 근심에 마음 졸이기를 참 성실하게도 겪어 내셨다. 엄마의 헌신적인 교육이 없었다면 지금의 나는 없다. 자신을 존중하고, 사랑하고 아끼는 자존감 또한 배우지 못했을 것이다.

일곱 살이 되어서 서울 생활을 정리하고 홍천으로 내려왔다. 그리고 비장애인 친구들이 다니는 유치원에 등록했는데 이때부터 고난이 시작됐다. 이전까지는 나와 같은 친구들과 함께 놀고, 공부했기 때문에 어떤 어려움도 느끼지 못했는데 새로 다니게 된 유치원에서는 아이들의 말이 너무 빠르고, 입 모양도 제 마음대로여서 알아듣기도 어렵고 그들처럼 말을 빨리하기도 어려웠다. 답답했다. 태어나 처음으로 다른 아이들과 내가 다르다는 인식을 하게 되었고, 그것이 나를 주눅들게 했다. 유치원 친구들은 단어도 빨리 배우고, 동화책도 빨리 읽었으며 친구들과도 빠르게 말했다. 그런데 나는 그 모든 게 어려웠다.

초등학교에 입학하면서 혼란스럽고 답답한 마음과 생각은 더 커지고 깊어졌다. 나는 학교에서 이방인처럼 떠돌았다. 여러 교과 이해도 부족했다. 당연히 학교 공부도 재미 없어졌다. 엄마는 그런 나의 형편을 빠르게 간파하여 과외도 시키고 친구들도 집으로 초대하여 함께 어울릴 기회를 만들어 주셨다. 맛있는 간식과 함께 이어지는 왁자지껄한 놀이는 아이들과 나를 하나로 묶어 주었다.

엄마의 노력으로 나는 성적도 올랐다. 학업 성취 정도가 안정되니 학교생활도 재미있었다. 반 친구들은 자신들과는 다른 내 목소리를 듣고 좀 '특별한' 목소리를 가졌다고 생각하는 것 같았다. 들리지 않기 때문에 다른 목소리를 낸다고는 생각하지 않았고, 그렇다해도 크게 문제가 될 것은 없다고 생각하는 것 같았다. 그때 우리는 '그냥' 친구였고, 어울려 재미있게 놀았으니까.

발레를 꿈꾸다

...

일곱 살 이후 발레는 내 일상이 되었다. 재미있는 취미 생활에서 재능 있는 꿈나무로 초등학교 시절 내내 주목받았다. 나는 발가락이 많이 아팠지만 깨금발로 중심을 잡고 우리 몸이 중력을 이기고 보여 줄 수 있는 가장 아름다운 동작을 할 수 있다는 점에서 발레가 멋졌고 잘 하는 내가 스스로 자랑스러웠다. 그러나 그때까지만 해도 발레를 전공할 것인지는 결정하지 못했다. 좋아해서 즐겁게 하고 있기는 하지만 직업으로 삼는다는 것은 더 많은 고민이 필요했다.

엄마는 우리의 고민에 도움이 될 분을 찾아냈다. 잡지에서 상명대학교 발레 전공 교수님이 러시아 발레학교 객원교수를 하셨다는 이력을 보고 찾아냈다. 엄마는 내가 발레를 전공할 정도로 실력이 있는지 전문가의 의견을 듣고 싶었다. 교수님은 마침 러시아 모스크바서 발레 연수가 있다시며 참가해 보라셨다. 연수 기간에 내 실력이 어느 정도인지 확인할 수 있을 것 같았다. 엄마는 이번에도 빠르게 결정했다. 언제나처럼 명확했다.

2002년 2월, 나는 드디어 러시아 볼쇼이발레학교(현재 모스크바 국립발레학교) 워크숍에 참가하였다. 발레를 잘하는 중고등학생 10명이 참여했는데 내가 제일 뒤처졌다. 모두 이미 높은 수준에 도달해 있었다. 세계적인 발레학교의 발레리나들을 보면서 내가 얼마나 형편없는가를 깨달았다. 워크숍에 참가하면서 나는 엄청난 좌절감과 함께 그 크기만큼 '정말 잘하고 싶다.'는 마음속의 열망을 확인할 수 있었다.

연수를 마치고 돌아와서 매주 한 번씩 레슨을 받으러 서울에 올라갔다. 발레를 전공하겠다는 마음을 굳히고, 당시에는 형편없었지만 재능과 실력도 있다는 평가를 받고 힘도 얻었다. 이전보다 더 많은 경제적 지원도 필요했기에 혼자 애쓰는 엄마에게 너무나 죄송했지만 그것 또한 고마움으로 생각하고 나를 달랬다. '나는 이전보다 백 배 천 배 더 많이 연습하고 노력할 거다. 내 장애가 나를 주저앉히지 않도록 멋지게 해 보이겠다.' 마음먹고 중학교 3년을 꼬박 견뎠다.

고등학교는 서울에 있는 덕원예고에서 공부했다. 중학생 때는 학교 적응이 쉽지 않았는데 사춘기 때라서인지 친구들과 어울리는 일에 문제가 생겼다. 몇 명의 친구들이 내가 듣는지 못 듣는지 알고 싶어 내 뒤에서 이름을 부르고, 내가 돌아보면 "아니야."라면서 히죽거리고 조롱하는 일이 있었다. 몇 번 그런 일이 반복되자 나도 이후

예고 시절

부터는 돌아보지 않고 친구들과 나를 분리했다. 친구들을 밀어낸 것이다. 그때 가족들은 내가 마음을 닫고 외롭게 지내지 않도록 친구가 되어 내 마음을 살펴 주었다. 데일 카네기는 먼저 인사를 하는 것이 상대의 마음을 얻을 수 있는 방법이라고 했는데 아마도 가족들은 이미 그 방법을 알고 있는 듯했다.

나는 참 좋은 가족을 만난 것에 감사하다. 태어나서 지금까지 흠뻑 사랑받고 지냈으며 온 가족의 보호와 지지 덕분에 나를 사랑하고 당당할 수 있었다. 그리고 그 마음은 발레에도 크게 영향을 끼쳐서 나는 고등학교 생활을 엄청난 입시 스트레스로 채우지 않을 수 있었다. 오히려 내가 받은 복을 세어 보는데 기쁘게 시간을 쓸 수 있었다. 대학입시도 크게 두렵지 않았다. 나는 경희대학교 무용학과에 일반 전형으로 지원하여 합격했다. 그때 나는 그래도 이동이나 움직임에는 불편함이 없었고, 비장애인 친구들과 경쟁해서도 선발될 자신이 있었다.

캠퍼스가 참 아름답다는 경희대학교 입학식 날, 나는 학교 정문을 들어서며 한껏 공기를 들이마셨다. 다시 새로운 세상에서 만들어갈 나의 이야기가 궁금하고 설렜다. 새로 만나는 사람들에게는 내가 먼저 인사를 건네기로 마음먹었다. 나를 만나 발생할 그들의 낯섦과 불편함을 나 또한 불편하고 미안해하지 않도록 먼저 다가가기로 했다. 작지 않은 용기가 필요하겠지만 예술을 하는 동지로서 우리는 얼마든지 예술이라는 또 하나의 언어로 충분히 소통할 수 있으리라고 믿었다.

대학생 아라, 봉사하고 연애하고

...

대학생이 되어서 해 보고 싶은 일도 많았다. 그중 가장 큰 것이 봉사였다. 서로에게 손을 내밀어 붙잡아 주는 일이야말로 상대를 돕는 동시에 나를 성장시키는 일이라는 것을 이미 배우고 알았기에 봉사활동이 재미있고 보람도 컸다. 전공 교과 실습과 교양 공부도 많아서 해야 할 과제도 많았지만 학교 봉사활동도 교과만큼 진지하고 재미있게 했던 것 같다.

3학년 때 경희봉사단 기획단을 통해 러시아 봉사활동에 참가했던 일은 배움과 성장은 물론 나에게 운명적인 만남을 선물해서 더욱 잊지 못한다.

우리 봉사단은 러시아 연해주에 살고 있는 고려인들에게 집을 지어 주는 일을 하고 있었다. 2주 동안 정말 열심히 땀 흘리며 일했는데 거기서 지금의 남편을 만났다. 늘 많은 사람들 속에 있고, 그들과 웃으며 잘 지내던 오빠(남편)는 함께 있는 봉사대원들에게도, 사

연해주 봉사활동 사진

연애 시절

업 담당자에게도, 고려인에게도 친절한 사람이었고, 환영받는 사람이었다. 활동하는 내내 나도 오빠도 정말 열심히 일했는데 내게도 친절하게 대해 주어 고마웠다.

그곳에서 2주 동안 매일 거의 함께 지내다가 돌아와서도 가끔 만날 기회가 생겼다. 오빠는 공대생이어서 수원 캠퍼스에서 다녔고, 나는 무용학과여서 서울 캠퍼스에서 공부했지만 봉사 이후 성과보고회와 친목 도모를 위한 만남이 이어졌기 때문이다. 우리는 전화로는 의사소통이 어려웠기 때문에 작은 일로도 만나게 되었는데 한 달쯤 지난 어느 날, 오빠가 갑자기 내 앞에서 무릎을 꿇었다. 영문을 몰라서 멍하니 있는데 사귀자고 프러포즈를 했고, 친절하고 착한 사람인 것을 알고 있었기 때문에 오빠에 대한 믿음으로 우리는 연인이 됐다.

그렇게 경희대학교 CC(캠퍼스 커플)로 오랜 시간 사귀었다. 2009년부터 2018년 4월 21일 결혼하기까지 장장 9년 여의 시간을 연애했으니 우리의 만남과 결혼은 아무래도 운명인 것 같다.

또 한 번의 도전, 신세계를 만나다

...

나는 대학 4년 동안 아주 성실한 학생이었다. 학교 공연 때도 비장애인 학생들과 똑같이 연습하며 무대 위에서 기량을 발휘할 수 있었다. 교수님들과 선배, 친구들은 키가 커서 항상 눈에 띈다고 칭찬하며 응원해 주었다. 기숙사 룸메이트 언니들은 지독하리만치 연습에 매달리는 나를 놀리기도 잘했는데, 그런 칭찬을 들을 때면 나보다 더 기뻐했다. 학과 공부와 교내 활동에 열심일 수 있었던 것은 학교 기숙사에서 살고 있던 덕도 크다. 통학하는 학생들보다는 시간도 더 많이 아낄 수 있고, 그 시간에 다른 일도 한 가지 더 할 수 있어서 늘 즐겁게 바빴던 것 같다.

그렇게 지내던 가운데 기숙사 룸메이트 언니의 제안으로 생각해 보지도 못했던 미인대회에도 참가했다. 룸메이트는 이런 대회에 도전하는 것이 너무나 큰 경험이 되었다고 했다. 언니의 말을 믿고 용기를 냈다. 대학생으로 한 걸음 더 큰 세상을 경험하고 싶었다. 내가 할 수 있는, 하고 싶은 일들에 도전하고 싶었다. 나와 다른 비장애인 친구들도 사귀고, 세계에서 온 많은 학생들과도 생각을 공유하고 감정을 나눈다는 일은 얼마나 매력적인가! 나는 그때 일어나지 않은 일들에 대해서 두려움보다 기대감과 설렘을 느끼는 나를 발견하고 스스로 대견스러웠다.

2012년 'World Miss University' 한국 대회에 과감하게 참가신청서를 냈다. 나의 외모가 그렇게 뛰어나다고 생각하지는 않았지만 장애인 대학생으로서 할 수 있는 일들을 사람들에게 보여 주고 싶었다. 특히 장애인 학우들에게는 좀 더 적극적으로 지내면 삶이 훨씬 더 풍요로워진다는 메시지를 알려 주고 싶었기에 용기를 냈다. 지덕체(知德體)를 겸비한 대학생을 선발하여 세계 봉사와 평화를 위한 다양한 활동을 실천한다는 뜻도 좋았다. 결과와 상관없이 그 자체로도 즐거운 경험이 될 것 같았다.

그런데 이게 웬일인가. 나는 대회에서 '성실상'을 수상했다. 나의 출전 동기와 대회를 즐겼던 일련의 모습이 수상의 영광을 불러온 것 같아서 감사했고, 무엇보다 함께 출전한 친구들에게 고마웠다. 재미있는, 잊지 못할 추억이 또 영글었다.

대회 이후 이듬해 1월에 개최된 '미스데프코리아(Miss Deaf Korea)'를 알게 됐다. 청각장애인들의 아름다움을 겨루는 대회라니 재미있을 것 같았다. 그리고 나와 같은 이들의 생활과 각자 다른 경험들도 매우 궁금했다. 나는 구어를 했기 때문에 수어를 사용하는 청각장애인들과는 어울리거나 대화할 기회가 없었다. 심지어 수어를 하지 못하는 나는 수어를 하는 사람들은 구어를 배우기 싫어했거나 게을러서 그랬을지 모른다는 교만한 생각을 하고 있었고, 누구든 배우기로 마음만 먹으면 배울 수 있고, 그렇다면 청인들과도 원활한 소통이 가능하다고 믿었다.

그런데 이 모든 생각이 얼마나 부끄러운 것인지 깨닫는데 오래 걸리지 않았다. 수어는 또 다른 언어인데도 마치 등급을 나누듯 그 정도를 가늠하고 있는 내 자신이 정말 부끄러웠다. 나의 얕고 좁은 인식을 반성하게 되었다. 부끄러움을 깨달은 내가 대견했는지 심사위원들은 내게 미스 진이란 타이틀을 주셨다. 진심 놀라고 믿을 수 없고, 부끄러워서 한참 동안 멍하니 서 있었다.

몇 개월 후 한국을 대표해서 2013년 7월 체코에서 열린 '미스데프 월드(Miss Deaf World)'에 참가하여 더 넓은 농인(聾人/청각장애인) 세계를 경험하였다. 대회 출전을 위해 배운 국제 수어로 그들과 대화를 하기에는 어려움이 많았지만 나는 최선을 다해 그들의 이야기를 듣고, 우리나라 청각장애인 청년의 생각을 전달하며 농인으로 사는 각기 다른 현실을 새삼 인식할 수 있었다. 나는 장기로 발레를 했는데 반응이 아주 좋았다. 특히 아리랑을 알고 있는 사람들이 있어서 한국무용에서 차용한 손동작에 감탄하는 이들이 많았다.

세계의 벽은 높았다. 나는 세계대회에서 전체 9위, 아시아 1위를 기록하며 대회를 마감했다. 우승을 했어야 하는 대회도 아니었고, 또 우승을 목표로 한 것도 아니었기에 나는 10위 안에 들었다는 사실

2012 월드미스유니버시티-성실상

2013 미스데프월드- TOP9

이 마냥 놀랍고 기뻤다. 그리고 무엇보다 세계 청각장애인 청년들과 만나서 대화하며 그동안 구어만으로 소통하려 했던 나의 선택을 과감하게 수정하기로 결정한 것에 뿌듯했다. 세계대회를 준비하며 SBS 슈퍼모델 선발대회에도 출전하였다. 개성 넘치고 아름다운 참가자들이 많았는데 당시 나는 유일한 청각장애인 참가자여서 화제가 되기도 했었다.

학교에서는 이런 외부 활동을 반가워하지 않았다. 특히 '학생'이기에 잦은 방송 출연도 바람직하지 않다고 생각했다. 어쩌면 이 부분이 대학과 대학원 생활 전체에서 가장 아쉬웠던 부분이기도 하다. 학과 특성상 절제되고 정형화된 생활 태도와 연구 방식을 선호했기에 나는 좀 답답함을 느끼기도 했다. 학교에서도 나의 정체성과 존재를 증명하는 일련의 과정과 목적을 이해하지 못했던 것은 아니지만 전공하고 있는 발레로 가능하다고 생각하셨기 때문에 의견 차이가 있었던 것 같다.

나는 대학 졸업을 앞두고도 나의 장래와 미래에 대해서 명료하게 결론 내리지 못했고 교수님의 권유로 대학원에 진학하였지만 별반 다르지 않았다. 도제식 가르침 속, 딱딱한 틀 안에서만 허락된 해석과 창작과 연구는 갑갑증을 불러왔고 내 안의 열망과 충돌하며 쉬이 해결점을 찾지 못하고 있었다. 나는 전공인 발레도 열심히, 그리고 성실하게 연습했기에 교내외 대회에서 다수 수상 경력이 있었지만 매번 같은 동작과 레퍼토리 속에서 공연을 하는 것은 매우 지루했다. 그게 나였다.

구어로도, 수어로도 자유롭고 편안하고 깊은 대화를 이어 갈 수 없는 현실이 답답했고, 어린 시절부터 그 마음을 무용으로 풀어낼 수 있었는데 대학생, 대학원생이 되어서는 그것이 어려워져서 속상했다. 늘 묵직한 돌덩이를 가슴에 얹고 사는 기분이랄까, 오늘도 내일도 이전과 같은 방식으로 정해진 길을 걸어가야 한다는 피로감에 지쳤다. 또, 이미 정해진 작품의 정해진 동작을 반복해서 연습하다 보면 지루하고, 지쳤고, 끝내는 모든 동작에 연기하는 대상의 감정과 영혼이 담기지 못했다.

대학원 졸업 후 댄스 오디션에도 도전해 보고, 국가적인 장애인 행사 참여도 자유로워지면서 창작적 사고도 가능해졌다. 특히 2015년 Miss World Korea, 2017년 Miss Global Beauty Queen에 청각장애인으로 도전하며 청인과 농인 사이에 존재하는 벽을 몸소 보여 주었고 '나와 다른 이'에 대한 인정과 존중의 필요를 말하지 않고도 강조할 수 있었다. 그런 활동들이 방송을 통해 소개되면서 강연 요청도 있었다.

KF 한국청년대표단

꿈만 같던 몽골 여행

...

대학원에 진학한 것은 학교에 남아 학생들을 가르치고 싶다는 생각에서였다. 특히 나와 같은 청각장애가 있는 학생들이거나 다른 특별한 상황에 있는 학생들에게 내가 습득한 노하우라고 할지, 그런 경험을 나눠 주며 자신만의 창작 세계를 펼쳐 가는 데 힘이 되고 싶었다. 그러나 대학원 공부는 내 생각과 바람대로 되지 않았고, 진로 또한 그러했다.

발레를 하면서 음악을 듣지 못하는 어려움 속에서도 나름의 방법을 찾았더랬다. 듣지 못하는 발레리나가 궁금했던 다른 사람들의 질문에 음악을 '본다.'고 말하는데, 방법은 두 가지였다. 음악 편집 프로그램을 보고 박자와 리듬, 강약을 모두 외우고 그것에 동작을 맞춰 음악과 안무를 통으로 외워 버리는 방법과, 음파 진동을 발바닥과 발끝으로 느끼며 춤을 추는 방법이었다. 나는 이 두 가지 방법으로 온 신경을 음악에 집중하고 발레 연습과 공연을 이어 왔다.

선생님들도 청각장애 학생인 나를 조금의 차별 없이 공평하게 교육하셨기에 비장애인 세상에서 특별히 어렵다는 고민이나 설움 없이 공부했지만 졸업 이후 현실은 깜깜했다. 막막함과 답답함 속에 대학원 졸업논문을 쓰고, 논문 심사 결과를 듣자마자 몽골로 날아갔다.

몽골은 미스데프대회를 통해 알게 된 친구가 있는 나라다. 하루는 화상통화로 친구에게 답답하고 암담한 현실을 털어놓은 적이 있는데 한참 동안 내 걱정을 듣던 친구는 고민하지 말고 몽골로 오라고 말했다. 당장 발권하라고 재촉하는 친구의 말대로 나는 그 자리에서 비행기 표를 예약했다. 그리고 논문 심사 결과가 발표된 그다음 주에 몽골행 비행기에 몸을 실었다.

비행기에서 울란바토르 공항에 내렸을 때 보였던 것은 예상한 초원과 사막이 아니었다. 우리나라와는 다른 분위기이지만 그래도 도시 냄새 강한 그곳은 익숙하지만 낯선, 그런 공간이었다. 마중 나온 친구를 만나서 숙소에 도착하고 하룻밤을 보냈다. 그간의 피곤함이 너울처럼 밀려와서 어느 때보다 깊이, 푹 잠잘 수 있었다. 숙면한 다음 날부터 나는 몽골의 거짓말 같은 파란 하늘과 끝을 알 수 없는 초록빛 초원으로 달려 들어갔다.

지난 몇 년간 나는 미래에 대한 걱정과 두려움 속에 살았다. 대학원에 진학하면 뭔가 달라질 것 같았지만 역시 졸업을 눈앞에 두고 이전보다 더 강력한 두려움에 눌렸다. 오랫동안 다져진 어떤 '시스템'에 거부감이 생겼고, 그래서 견디기 어려웠다. 나는 자신에게 안식

년을 주기로 결정하고 몽골에 왔다. 휴식이 필요하다는 판단에 미래에 대한 고민을 내려놓고 잠시 쉬기로 했다. 그리고 가급적 멀리 떠나서 나 자신에 대해 성찰해 보는 시간을 갖고 싶었다.

한 달 남짓한 몽골 여행은 꼭 필요한 일이었다. 20여 년 발레를 하면서 매 순간 집중하고 모든 힘을 쏟아부었기에 방전된 에너지를 다시 충전할 수 있는 시간이었다. 나는 하염없이 초원을 걸었고, 무수히 쏟아지는 별을 그대로 누워 온몸으로 받았다. 가끔은 눈길 닿는 곳 어디에도 풀 한 포기 없는 사막 위에 덩그러니 나를 놓아 버렸고, 밀려오는 상념들을 붙들지 않고 흘려보냈다.

'비움'. 아무것도 보이지 않는 사막 위에서, 길조차 보이지 않는 초원 위에서 내가 배운 것은 비움이었다. 아무것도 보이지 않을 때 내 안에 천천히, 차곡차곡 차오르는 힘을 느낄 수 있었다. 비울 때에야 비로소 채울 수 있음을 깨달았다. 아무것도 없는 초원과 사막은 오히려 어마어마한 것을 감추고 있으면서 구하는 자들에게 열려 있었다.

나는 양 떼를 지키는 자들의 소박한 천막 살림집 곁에 나란히 앉아 하염없이 펼쳐진 초원을 바라보았다. 그리고 눈 닿지 않는 곳이 감춘 불확실성의 매력을 더듬었다. 또, 밤에는 당장이라도 비가 되어 쏟아질 듯한 별빛의 촉촉한 위로를 경험했다.

"언제부터 별빛을 올려다보는 일을 멈췄던 것일까,

몽골에서 망중한을 즐기며

온 우주의 불빛이 어쩌면 나를 위해 반짝이던 밤
문득 그들도 외롭지 않을까?
빛나기 위해 짙은 어둠과 함께해야 했던
나 자신마저 안쓰러웠던 밤이다."

몽골에 오기 전까지 내 삶이 참 '빡빡했음'을 깨달았다. 끊임없이
나를 증명하기 위해서 너무나 많이 애썼다는 안타까움에 자신이 가
여워졌다. 그렇게 애쓰지 않고 살아도 됐다. 그렇게 장애인도 무언
가 '할 수 있다.'는 것을 보여 주려고 몸부림치지 않아도 됐다. 이 모
든 갈급함을 비우니 조용하게 채워지는 것이 있었다. 용기.
　나는 끝없이 펼쳐진 초원의 한가운데서 길이 없는 것이 아니라 보
이지 않았을 뿐임을 깨달았다. 크고 깊은 숨이 이어지면서 머리가
맑아졌다. 눈은 더 멀리도 볼 수 있을 것 같았고, 다리는 보이지 않
는 초원 끝을 찾아 달려나갈 수 있을 것 같았다. 나는 그때 프리랜
서로 살겠노라는 매우 후련해서 가벼운, 그래서 더욱 명료한 결심을
했다.
　몽골을 여행하며 또 다른 몽골인 친구도 사귀게 됐다. 그 친구는
자신이 다큐멘터리를 준비하고 있다며 외국인에게 몽골의 도시 풍
경과 자연이 어떤 느낌으로 다가오는지 찍고 싶다고 했다. 친구는
특별히 나의 발레가 풍경과 잘 어울릴 거라면서 촬영 전부터 좋아했
고, 며칠 동안 즐겁게 작업했다. 나 또한 새로운 경험이었는데 놀라
운 것은 낯선 곳에서 여행자의 눈으로 바라본 몽골의 풍경을 내 발

레 동작으로 표현하는 즐거움이었다. 짜인 대본 없이 풍경에 대한 나의 생각을 펼쳐 놓는 일에 자연스럽게 몰입했고 시간은 빨리 지나 갔다. 친구와 함께 만든 다큐멘터리는 이후 몽골 방송에 소개되면 서 몽골 여행의 잊지 못할 추억이 되었다.

이제 다시 시작이다!

...

몽골 여행에서 나는 지금까지의 삶을 반성할 수 있었다. 진심으로 나를 위로하고 보살피는 일을 경험했다. 더불어 앞으로도 애정을 갖고 나를 보살피려는 노력도 게을리하지 않겠다 다짐했다.

나는 몽골의 장엄한 초원 위에서 '길이 없는 것이 아니라 초원이 곧 길이면서 초원인 것'을 알았다. 그리고 또 누군가가 내 길을 가게 될 것을 알 수 있었다. 그러니 나는 이제 초원으로 덮인 길 위에서 길을 내며 가면 되는 것이었다.

돌아와서는 1년에 가까운 공백이 이어졌다. 프리랜서 무용수로 일하겠다고 결심하고 처음 몇 개월은 하고 싶은 일들과 할 수 있는 일들을 차분히 기록하면서 계획을 그려 보았다. 그러나 내 기대만큼 일이 수월하게 풀리지 않았다. 그러나 서둘지 않기로 했다. 차분하게 실력을 다지며 내가 서고 싶은 무대와 만날 수 있기를 기대했다.

그리고 새롭게 일을 시작하면서 좋은 작품이라면 규모나 무대의 크기와 상관없이 서기로 했다. 그리고 새로운 일과 사람을 만나는 일에 지금보다 더 적극적으로 행동하기로 했다. 몇 가지 원칙을 세우니 한결 마음도 가벼워지고 활력이 생겼다. 간혹 주변에서 부탁하거나 소개하는 작은 무대에 서면서도 작품의 의미를 심화하는데 역할을 할 수 있도록 최선을 다했고, 그렇게 했을 때 보람도 컸다.

프리랜서 무용수가 자신을 최고의 브랜드로 만들기 위해서는 정말 부지런하고 성실해야 했다. 나는 거의 매일 연습실을 예약하고 찾아가서 내 동작을 자세하게 관찰하고, 동작을 살피고 다듬었다. 언제 어떤 작품에 참여하더라도 최상의 컨디션으로 최고의 모습을 보여 주기 위해 연습을 게을리하지 않았고, 건강 관리와 체중 관리도 느슨하지 않았다. 나를 '위하는' 일을 하면서 자신감도 생겼고 내 작품도 만들어 보고 싶었다. 창작을 위한 걸음마를 단단하게 준비했다.

작품의 내용은 몽골 초원에서 얻은 배움과 깨달음을 바탕으로 내가 얻은 위로와 평안을 공유하는 것으로 기획했다. 내가 발레를 했던 건 서툰 음성언어 대신 마음껏, 자유롭게 표현하고 소통할 수 있는 방식의 '몸짓'을 할 수 있어서였다. 나는 춤을 소통의 언어로 삼았다. 춤은 기쁘고 슬픈 감정뿐만 아니라 생각까지 자연스럽게 전달할 수 있었다. 그런데 이미 짜인 안무대로 정해진 완벽한 동작을 연출하는 발레로는 내 안의 역동적인 감정과 생각을 표현하고 전달하는 데 한계가 있었다. 나는 새롭게 용기를 내어 대학 시절부터 목말랐던 창작 무용에 도전했다.

2016년 전국장애인체전 공연

2016년과 2017년 전국장애인체전 개막식이 프리랜서 이후 가장 큰
무대였다. 2016년에는 가수 전인권이 〈걱정 말아요 그대〉 노래를 했
고, 나는 노래에 맞춰 창작 발레를 선보였다. 체전에 참가하는 모든
장애인 선수와 함께, 크고 작은 상처와 두려움을 안고 살아가는 이
세상 모든 이들에게 위로가 되는 노랫말은 호소력 짙고, 거칠고 순
수한 전인권 가수의 목소리로 큰 울림이 있었다. 전국체전에 참가
한 장애인뿐만 아니라 모두에게 '지나간 일은 지나간 대로' 그런 의
미가 있을 테니 흘려보내자는 관조의 태도가 번민과 고통으로 요란
한 마음들을 토닥이고 있었다.

　　그런데 사실 가수 전인권의 노래는 나를 앞에 두고 나무라는 것
처럼 들리기도 했다. 내 무용도 특정인을 상대로 하는 공감과 위로
의 내용은 아니었지만 노랫말을 곱씹어 생각해 보면 내게 하는 말이
란 생각은 더욱 확실해지는 것 같았다. 휴대폰 블루투스를 켜고 음
원 재생 버튼을 누른 후 왼쪽 귀를 집중하고, 수십 차례 돌려 듣기
해도 노래는 잘 들리지 않지만

"그대여, 아무 걱정하지 말아요, 우리 함께 노래합시다."

라는 노랫말은 가슴에 콕 박혔다.

　　몽골 여행에서 생각을 정리하고 삶의 방향을 새로 정하고 돌아

왔다. 그렇지만 돌아온 후에도 내 안에 남은 걱정과 이미 지나간 것을 붙잡고 있는 나를 발견했다. 나는 알면서도 모른 체하고 있었던 거다.

그런데 하필 개막식 공연 음악이 정면으로 이를 들추고 있었다. 나는 상처를 주고받은 일들을 '지나갔다.' 생각하고, 그 일이 나름의 의미가 있었다면서 나도 상대도 이해하거나 위로하려고 하지 않았다. 그저 내가 중심이 되어 사람들과의 소통이 미흡했던 것을 원망하고, 이를 그들 탓으로 돌려왔다. 그들이 내 말과 뜻을 모르거나, 알지 않으려 했다면서 갈등의 원인을 분석해 냈다. 그리고 그들을 마음껏 원망했다. 나는 이를 철저하게 신뢰하며 절대 의심하지 않았다. 그러니 문제는 항상 '그들'이었다. 그러나 이는 곧 내 문제였다.

언어 난민이 되어서

...

일상의 소통이 오해를 만들지는 않는다. 요청하거나 부탁하는 일은 표면적 메시지가 왜곡되지 않는다. 그러나 생각과 정서를 소통하는 일은 다르다. 특정 대상의 아름다움에 공감하거나 이러한 정서를 공유할 때는 성실한 태도로 구체적인 소통을 시도해야 한다.

특히 특정 명제에 대한 생각을 교환할 때는 보다 깊고 다양한 방식의 소통이 필요하다. 즉, 상대의 생각과 감정을 이해하고 수용하는 일과 대상에 대한 인식과 정서에 공감하고, 이를 공유하는 일에는 구체적이고 다양한 방식의 소통이 요구된다. 그렇다면 나는 이러한 방식의 소통의 의지가 있었으며, 또 노력했는가? 나는 진실을 고백하고 마음에 남은 빚을 청산해야 했다.

나는 어릴 적부터 구어를 배웠기 때문에 비장애인과 똑같다는 생각을 하고 비장애인 세계에서 함께 살아가기 위해 안간힘을 썼다. 그때 나는 '수어를 하는 농인들은 나와 다른 사람들'로 생각했다. 그때의 나는 '그런 이상한 방식으로 말하지 않는다.'고 생각했기 때

문이다. 하지만 나는 청인 세계에서 농인이었다. 농인 사회에서도 수어로 소통할 수 없는 이방인인 것은 마찬가지였다. 나는 농인 세계를 기웃대는 불편한 이웃이었고, 청인 세계에서도 배제당하는 떠돌이 같았다.

나는 몽골 여행에서 정체성에 대한 고민과 미래에 대한 걱정과 조급함을 청산했다고 믿었다. 그러나 특정한 상황을 맞닥트리면서 이전의 생각은 다시 또 제자리로 돌아왔다. 농인 세계를 전혀 알지 못하는 비장애인 세상 속에서 그래도 나는 소통이 가능한 농인이라는 사실을 의식할 때마다 나는 '아직도' 어떤 곳에도 소속되지 못하고 있다는 위기감을 느꼈고, 그때마다 나의 정체성에 대한 고민이 얼굴을 보였다.

문제는 어떻게 '소통'하는가였다. 나는 소통의 방식으로 언어를 사용했다. 그래서 불완전하지만 비장애인, 즉 청인들과의 소통이 가능했다. 하지만 소통의 방식이 수어인 청각장애인들과도 불통은 아니었다. 나는 그들의 언어를 잘 모르고 있었지, 전혀 모른 것은 아니었기 때문이다. 그렇다면 나는 과연 사람들과 소통을 하고 있기는 한 것인가?

나는 발레에 매이지 않은 자유로운 표현을 희망했다. 그래서 찾은 것이 컨템퍼러리(contemporary) 무용이었다. 나는 소통의 지평을 확장하고 새로운 방식의 소통을 통한 언어의 확장을 기대하며 작품을 만들었다. 처음 완성한 것은 '가지 않은 길'이라는 제목의 3~4분

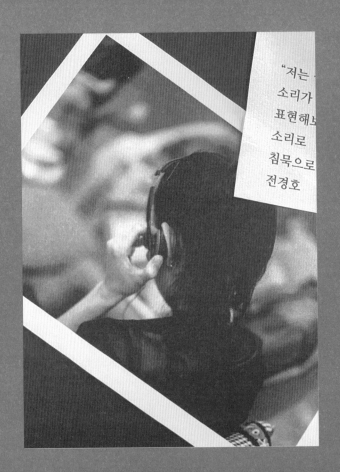

"저는 ᄀ
소리가
표현해ᄇ
소리로
침묵으로
전경호

정도의 작품이었다. 들리지 않는 상태로 춤을 추는 나는 누구도 가지 않은 길을 걷는 고독한 사람이었다. 이후 '어떤 불편함, 또는 그 사이 어딘가'라는 작품을 만들었는데, 그 작품에서는 누구나 느끼는 일상적인 불편함과 들리지 않기 때문에 갖게 되는 불편함에 대해 표현해 보았다.

순간과 영원의 감정을 몸으로 표현하고 자신의 신념과 철학을 몸으로 말하는 일련의 과정은 소통의 갖가지 크고 높은 벽을 뛰어넘는 새로운 언어였다. 그렇다면 일련의 나의 도전이 성공적이었는가를 물어야 한다. 성공적이었는가? 그렇지 못했다면 문제는 무엇인가?

나는 청인들과 소통하기 위해서 구어를 익히고 연습했지만 수어를 사용하는 청각장애인들과 소통하기 위해서는 어떤 노력을 했는지 자신에게 묻지 않을 수 없었다. 그들과 소통하기 위해서 수어가 필요한데 나는 수어를 알기 위해 얼마나 노력했는가 되물으니 답변은 금세 나왔다. 나는 수어를 배우려는 의지와 노력이 부족했다. 그러니 무용수로서 공연장을 찾은 관객들과의 소통도 원활했다 할 수 없었다. 특정 집단에 소홀했던 나의 대화 의지가, 소통의 방식이 춤으로 성공적일 수 없었다. 예술은 감동의 차별 없음을 지향하지만 이미 균형추를 상실한 예술가의 행위는 뒤틀린 사고와 감정의 부산물일 뿐이다. 생각이 여기에 미치니 나는 자연스레 언어의 역할은 무엇이고, 언어는 무엇인지 생각이 깊어질 수밖에 없었다.

신기한 것은 꿈에서 내가 수어를 하거나 자막이 나오는 꿈을 꾼다는 거였다. 이는 내 잠재의식 속에 농문화가 자리잡고 있다는 것이다. 이미 이를 부인하지는 않았지만 인정하고 나의 정체성을 구성하는 데는 소홀했다. 나는 마음먹고 '제대로' 수어를 배우기로 했다. 그리고 나와 다른 언어를 사용하는 이들과의 소통을 위해서 내가 속한 언어공동체이기도 한 수어를 배우고 익혔다. 수어가 능숙할수록, 상대의 발음을 잘 보고 내 발음이 정확해질수록 몸을 통해 만들어지는 나의 언어도 풍요로워졌다.

2019년부터 아트 그룹 아트엘의 '듣다' 프로젝트에 참여하고 있다. 언어와 소통에 대한 관심이 지극했던 즈음, 같은 고민으로 시작한 프로젝트 사업은 듣는다는 것이 무엇인지에 대한 고민에서 시작되었다. 나는 이미 음악을 '본다'는 경험 속에 살아왔다. 때문에 듣는다는 것도 소리를 듣는다는 이해에 갇히지 않는다는 것을 잘 알고 있다. 때문에 다양한 방식의 듣는 행위를 제한하는 것들로부터의 해방을 목적하는 예술가들과의 협업은 즐겁고 진지하다.

모든 창작자가 느끼듯 나 역시 창작의 과정은 늘 어렵다. 춤은 여러 번 무대에 서고, 공연의 기회가 많을수록 실력이 느는 건 사실이지만, 창작이나 아이디어를 내는 건 지금껏 발견되지 않은 땅, 새로운 세계를 찾아내는 일이다. 나는 기꺼이 낯설고 생경한 모험을 멈추지 않기로 했다. 그 모험의 전 과정은 춤을 통한 언어의 발견이고 언어를 통한 소통의 과정에 집중하는 것이 될 것이다. 이 세상의 다

양한 언어를 헤집어서 위계화되거나 권력화된 언어의 중심을 흩어내는 일에 집중하고 싶다. 그리하여 누구도 소외되지 않는 소통을 체험하는 것이야말로 세상의 아름다움이 실현되는 것이기 때문이다.

나는 삶을 살아내면서 겪게 되는 인간관계나 환경 등으로부터 영감을 얻고 동기(모티브)가 발생하는 일련의 일들을 춤으로 표현할 때 자유로움을 느낀다. 춤은 그 자체로 고유한 각자의 삶과 가치관을 전달하는 새로운 언어(신호)이다. 우리는 모두 아름다움에 대해서, 가치와 의미에 대해서 자신의 언어로 말할 수 있어야 한다. 그래야 나와 타인의 존재를 인식하고 세상을 인식할 수 있기 때문이다. 그리고 소통을 위한 각자의 언어는 다양할 수 있음을 인정해야 한다. 나의 언어를 권력화하지 않고 타인의 언어를 수용하고 즐길 때 우리의 삶은 더 성숙하고 아름다울 것이다.

내가 춤을 계속 출 수 있고, 또한 춤을 추게 하는 건 어렸을 때 지금보다 서툴렀던 음성언어 대신 마음껏 표현할 수 있는 방식의 '몸짓'이었고, 그것을 현실화해 준 것이 '춤'이었다.

지금 내게 음성언어도 제1의 언어이고, 춤 또한 하나의 신체언어(기호)이다. 그리고 이제는 수어까지 내 삶 속으로 왔다.

나는 나의 언어를 인정받으며 사람들과 행복하고 싶다. 그리고 다른 이들의 언어를 이해하고 존중하는 것으로 삶을 더 풍요롭게 가꾸고 싶다.

아라와 함께 춤을

...

내게 발레는 양면성이 짙다. 2017년 'KBS 인간극장'에서 나의 이야기를 다룬 적이 있는데 그때 진행자가 내게 발레가 무엇인가 물었다. 나는 '나를 망치는 구세주'라고 답했고 질문을 한 진행자는 적잖이 놀랐다. 발레는 내 몸을 망가트리지만 나의 삶을 채워 준 구세주이고 고통에서 배움을 주었다. 그러니 구세주일 수밖에. 발레는 핑크빛 토슈즈에 우아한 튜튜를 입고 스포트라이트를 받으며 중력에 반하는 동작을 해내는 아름다운 모습이기도 하지만 그 우아하고 아름다운 모습을 보여 주기 위한 노력과 고생 또한 그만큼 어두운 부분이기도 하다.

이제 나는 발레를 접목한 창작 컨템퍼러리 무용을 하면서 특정 주제와 상황에 대한 나의 생각을 다양한 동작으로 표현하고 있다. 그래서 토슈즈도 벗었다. 발로 직접 전해지는 다양한 감각을 인지하며 춤을 추고 있다. 눈으로 음악을 보고 느끼는 일도 계속하고 있지만 더 이상 진행하지 않을 수도 있다. 그래도 음악 편집 프로그램을 통

해서 음악의 파형과 주파수를 보면서 박자를 익히고, 눈으로 듣는 연습은 꾸준하게 하고 있다.

나는 근래 '꼭 들어야 하는가?' 의심하고 있다. 첫 창작무용 작품에서는 듣지 못한다는 것에 대하여 말하고 싶었고, 음성언어가 아닌 다른 언어의 출연을 보여 주려고 했다. 그리고 이제는 무용수의 동작과 표정으로 더 많은 이야기와 감정을 담아낼 수도, 읽어 낼 수도 있는 이야기들을 나누고 싶다. 음악이 없는 무용 창작도 꾸준히 기획하고 싶다.

살면서 한 가지 일이 일어날 수도 있고, 여러 가지 일이 일어날 수도 있을 것이다. 세상에는 수많은 언어가 있고, 그 언어는 소통을 원한다. 이를 방해하는 갖가지 요소도 적지 않다. 나는 여러 언어가, 수많은 담론이 춤이라는 또 다른 언어로 모아지고, 다르게 표현될 수 있기를 소망한다.

나는 토슈즈를 벗고서 더 자유롭게 춤추고 있다. 어떤 틀에도 갇히지 않고 춤으로 생각과 감정을 표현하고 있다. 나의 춤과 공연을 통해서 많은 이들이 편안하고 즐겁게 소통할 수 있기를 기대한다. 장애와 비장애의 경계를 허물고 싶고, 장애에 대한 인식을 개선하는 일에도 역할을 하고 싶다.

몇 년 전부터는 초등학생과 청소년을 대상으로 장애인식개선 교육도 진행하고 있다. 제법 여러 차례 방송에 출연하고, 평창패럴림픽

용(龍)으로 태어나
농(聾)이 되다

장애인식개선교육

무대에도 오르고, 2019년에는 대한민국 장애인문화예술대상 대통령 상을 수상한 이력이 교육에도 도움이 된다. 친구들은 내 말과 동작 하나하나에 집중하며 관심을 보인다. '텔레비전에서 봤다.'며 익숙하 게 먼저 다가오고, 사인을 해 달라는 친구들도 있어서 분위기는 가 볍고 흥겹다.

나는 이들을 보배로 생각하고 더 많은 것을 이야기하고, 보여 주 려고 애쓴다. 유독 친구들이 놀라고 관심을 보이는 것은 청각장애 인인 내가 말을 한다는 것이었는데, 나를 예로 들며 청인과 농인, 구 어와 수어에 대해서도 알려 주면서 장애인에 대한 이해를 돕고 있다.

성인을 대상으로 하는 강연 섭외도 적잖다. 동생은 내가 프리랜서 로 일하기 시작한 5, 6년 전부터 크고, 주목받는 공연과 함께 외부 강연을 많이 하게 되면서 나의 발성과 발음에 대해서 고민했던 것 같다. 또렷하게 말해서 주제를 분명하게 전달하도록 정확하고 멀리 가는 중저음의 목소리로 발성법을 바꿔 주었다.

동생은 정확한 발음을 그림까지 보여 주며 알려 줬는데, 도움을 주면서도 한 번도 평가하지 않는 동생의 대화법이 참 고마웠다. '잘 했어, 조금 더 이렇게 하면, 더 좋겠어.'라고 말하는 동생의 인품이 자랑스럽다. 아이 때부터 나를 위해 양보한 것도 참 많은 동생인데 지금까지도 나를 위해 무엇을 해 줄까 생각하고 있는 모습을 볼 때마다 따뜻하고 든든하다.

나의 중저음 목소리가 남자 같다는 의견도 있지만 나는 상관없다. 음성언어로 대화가 필요하다면 내가 그렇게 할 수 있으니 원활하게 소통하면 되는 것이다. 더불어 소통을 위해 수어가 필요할 때는 열심히 공부하고 연습한 대로 편안하게 수어로 대화하면 된다. 중요한 것은 내가 상대와 소통하겠다는 의지이다.

먼저 인사하는 것, 먼저 다가가는 것, 먼저 손 내미는 것. 이것이야말로 모든 대화와 소통의 실마리다.

그래서 나는 음성언어를 사용하는 고아라, 구어를 하는 고아라, 수어를 하는 고아라, 춤으로 대화하는 고아라 등 몇 개의 세계에 살면서 각각의 세계를 허무는 일로 앞으로의 무용 인생을 채워 가려고 한다.

장애를 극복한다? 아니 그냥 '견디고 버티는' 거다

...

엄마, 내 인생과 떼어 놓을 수 없는 분. 엄마는 강원도 홍천서 '대단한 엄마'로 불린다. 그곳에서 태어나 오래 살기도 하셨지만 나를 키워 냈다는 주위 분들의 애정과 격려의 치하이다. 엄마는 '누구든 엄마라면 그렇게 했을 거다.' 말씀하시지만 이제 결혼하여 엄마가 되려는 준비를 하면서 엄마를 생각하면 왈칵 뜨거운 것이 가슴을 타고 오르며 눈물이 쏟아진다. 나는 엄마와 같은 엄마일 수 있을까?

엄마는 내가 말을 알아듣기 시작한 네 살 무렵 구어를 가르치려고 서울로 데려가셨다. 5일을 서울서 지내고 주말에 홍천에 내려와 집안일을 돌보고 다시 일요일 밤 서울행. 이 일을 4년여 하면서도 한 번도 눈물을 보이신 적이 없다. 그리고 엄마는 이미 그때 내게 '너는 듣지 못하는 청각장애인!'이라고 말씀하시며 내가 스스로 내 장애를 인지하게 하셨다. 안 들리니까 상대의 입 모양을 잘 보라 했고, 살기 위해서는 말하기 연습을 해야 한다고 눈물도 봐주지 않으셨다. '스파르타!' 엄마는 내게 강력하고 무시무시한 교관이었고, 냉정한 평가자였다. 엄마는 강건한 성벽이었다.

그러나 엄마가 왜 아니 힘드셨을까? 엄마는 옷가게를 운영하며 살림을 책임졌고, 나를 스스로 서도록 교육했다. 그 시간 속에서 엄마는 외로웠을 거고, 무서웠을 거다. 헤아릴 수 없는 슬픔을 숨겨야 했을 거고 눈물도 사치라고 자신을 다그치기도 했을 거다. 나는 가까운 미래 엄마를 주제로 작품을 창작하려고 계획 중이다. 엄마가 견디고 버텨 온 시간의 속살을 춤으로 말하며 엄마의 시간에 감사와 경의를 담고 싶다.

나도 엄마처럼 내게 있는 장애를 버티고 견딘다. 내게 있는 장애는 어느 순간 사라지는 것도 아니고 회복될 수도 없는 것이다. 때문에 극복이란 말은 맞지 않다. 어쩌면 장애인에 대한 동정적 시선이 있기에 붙일 수 있는 말일 수도 있다. 우리는 모든 상황을 극복하며 살 수 없다. 극복하려고 애쓰는 삶은 숨차고 버겁다. 극복하지 못한 일들에 매여 스스로의 삶을 부정하거나 폄훼할 수 있다. 결국은 상처 내기로 자신을 불행하게 한다. 이러할진대 하물며 장애가 극복될 수 있는 것일까? 받아들이고, 견디고, 버티면서 행복을 찾는 성실한 마음이야말로 내 삶을 아끼고 사랑하는 것일 게다.

예술과 삶은 유기적인 관계다. 서로 영향을 주고받으며 삶을 사유하게 한다. 나의 작품에도 내 삶이 많이 녹아 있다. 산다는 것에 대한 생각과 삶의 방향성 등이 있다. 듣지 못한다는 것과 듣는다는 것에 대한 재개념화, 장애와 장애인에 대한 정체성 등이 담겨 있다.

어머니, 할머니와 함께

그래서 내 작품을 보는 분들이 아름다움과 감동을 느끼는 동시에 장애인을 불편한 사람이 아닌 그저 다른 사람, 혹은 소수자로 인식할 수 있기를 기대한다. 자연스럽게 생각을 전환할 수 있는 계기가 된다면 좋겠다.

나의 춤을 '장애인예술'이라 할진대 작품을 향유하는 일련의 과정이 건강할 때 장애인예술의 진가를 만나게 될 것이라 믿는다. 모든 예술가는 창작을 위해 혼신의 노력을 한다. 그리고 이는 감동적인 결과물로 탄생한다. 노력이 없다면 감동도 있을 수 없다. 그렇다면 향유 또한 특정한 편견과 인식을 거둬 내고 진행되어야 한다. 그래야만 감동과 위로, 치유의 경험을 누릴 수 있다.

예술에 차별을 바탕한 장애의 개념이 포함된 것부터 수정되어야 한다. 이를 거둬 냈을 때에 장애예술인들의 창작, 장애인예술의 '참맛'을 경험할 수 있다. 더불어 어떤 분야든 본인의 노력과 이를 통한 실력이 인정되고, 그 활동을 공유할 수 있는 기회가 많아진다면 좋겠다.

새롭게 시작하는 삶의 소망

...

　2018년 4월, 오랫동안 사귄 남자친구와 결혼했다. 캠퍼스 커플로 9년을 연애하고 드디어 결혼을 한 것이다. 2009년에는 학생이라서 큰 부담 없이 사귀자는 프러포즈를 받아들였다. 해외 봉사를 함께 했던 오빠는 '참 좋은 사람'이란 믿음과 확신을 주었기에 망설임도 적었다. 그 후 오빠는 내 매니저 역할을 톡톡히 해 주었다. 서울 공연은 물론이고 지방 공연이 있을 때도 와서 도와주었다. 그런 모습을 지켜보던 친구들이 CC가 아니라 '갑과 을 관계'라고 놀릴 정도로 오빠는 나를 위해 헌신했다.

　결혼한 지 얼마 되지 않아 진행됐던 방송 프로그램에서 오빠는 내게 '심장 같은 사람이 되고 싶다.'는, 대다수 신랑들의 말을 전하면서 자신은 그것에 더해서 '아내의 귀가 되고 싶다.'고 말했다. 평생 내 귀가 되어 곁에 있을 사람. 나는 참 귀한 사람의 아내가 되어 감사하다. 남편은 내게 '자신도 모르게 상처 주는 말을 했을 수도 있다.'는 것까지 걱정하는 참 고마운 사람이다.

남편은 내가 수어 공부를 시작하자 우리의 대화 중에서도 명확한 뜻을 표현하기 위해 필요할 것 같다며 지화(수어로 글씨를 쓰는 것)를 배웠다. 그렇게까지 내 마음을 이해하려고 애쓴다. 나도 남편의 마음을 읽어 주는 아내가 되고 싶다. 그리하여 우리의 사랑이 서로의 존재를 확인하고 증명해 주는 것이 된다면 참 기쁘겠다.

몇 개월 후면 아기가 태어난다. 지난 겨울의 끝자락에 우리를 찾아와준 생명을 나는 감사하게 받아 귀하게 키워 내고 있다. 몇 개월 후면 또 다른 세계가 나를 맞을 것이다.

나는 지금까지 살아왔던 것처럼 담대하게 내 앞의 시간을 살아 낼 것이다. 그 걸음이 결코 두렵지 않은 것은 사랑하고 존경하는 남편과 나를 '엄마'로 키워 줄 아기와 함께할 것이기 때문이다.

늦은 봄비가 촉촉한 오늘 아침, 측량할 수 없는 감사로 벅차다.

고아라

| 주요 경력 |
현재 A.R.A 대표
문화체육관광부 장애예술인 문화예술 활동 지원위원회 위원
한국장애인무용협회 이사
K-Wheel Dance Project 창단멤버

라인댄스 1·2급 지도자 자격증 동시 취득
중등교사 2급 교원자격증(무시험검정)

러시아 모스크바국립발레아카데미(구 볼쇼이발레학교) 연수
BalletNova 수석
경희대학교 및 동대학원 무용학 학·석사 졸업
덕원예고 무용과 졸업

| 수상 경력 |
대한민국 장애인문화예술대상 대통령상(2019)
Vienna International Ballet Experience Duet Winner & Solo 1st runner up(2018)
스페셜K Young Artist 선정(2018)
한국발레콩쿠르 대상(2008)
경희대학교대회 2등상(2006) 외 다수

World Miss University 성실상
Miss Deaf Korea 1위
Miss Deaf World(Czech) TOP 9 & 아시아 1위
Miss World Korea 3관왕
Miss Global Beauty Queen TOP 15, Peace Ambassador

| 주요 국내외 공연 |
국내
2018 평창동계패럴림픽 폐막식 '우리가 세상을 움직인다' 주연
그 외 한국발레협회, 한국발레연구학회, 최승희 춤 축제, 대한민국장애인국제무용제,
전국장애인체전 개막식, 한국미래춤협회 등 소규모 공연 다수

국외
오스트리아 Vienna Ballet International Experience Gala
러시아 우수리스크 고려인 마을 초청 공연
체코 Miss Deaf World Gala
중국 KF 한국청년대표단
중국 국제교류 초청 공연(2014~2015) 외 다수

안무
〈모노, 스테레오, 서라운드〉
〈아리랑〉
〈몸으로 말하고 묻다〉
〈가지 않은 길〉
〈어떤 불편함 또는 그 사이 어딘가〉 외 다수

| 기타 활동 |
방송 출연
KBS 〈인간극장〉
KBS 〈사랑의 가족〉
KBS라디오3 리포터
SBS 〈놀라운 대회 스타킹〉
몽골 BTV 다큐

저서
공저 「대학생이 바라본 대학문화」(2011)
공저 「비욘드 핸디캡」(2022)
몽꼴: 꿈의 모습(소장용)